유미의 세포들에 보내주신
응원과 사랑에 행복했습니다!
함께해 주셔서 감사합니다 ♡♡

이동건

유미의 세포들

유미의 세포들

13

글·그림 이동건

위즈덤하우스

목차

478

실은 내가 말 안 한 게 있는데 1

-응큼 세포-

다들 책 펴!!!!
거기 자는 놈 뭐야?!!!!
지금 잠이 와?!!!

챕터 1-1
팔짱 끼기.

순록아…
나 왔어. 이렇게 보니까
뭔가 기분이 이상하다.
이히힝~

작가님, 지금
편집장님께서 미팅 중이라
식사 먼저 하고 와야 할 것
같습니다.

깜짝!

딱딱!

!!!

뭐… 뭐야.
에이 장난치지 말고~
말투 뭔데.

제 말투가 왜요?

006

아니… 어제…
기억 안 나?
너도 나 좋다고 하고…

아! 누나!!!
여기 회사잖아요!
보안에 신경 써야죠!!

대전상장 뭐에 들어가면
아 관찮대쳐요

응, 주의할게.

통신 보안!!!

읍!!!!

촤아악!!!

그리고 손잡는 거,
허리에 손 두르는 거,
볼 뽀뽀는 반경 1km 내에서는
자제해야 해요!

!!!!

제 말 아시겠어요?!

쌤! 옆 반은 진도가
더 빠른데요?

…

요즘은 챕터 1, 2, 3
한꺼번에 해요!

아 뭐야!
우리 쌤 너무
옛날 세포야!

근데 앞으로 호칭은 누나야?

누나 맞잖아요.

누나라고 하니까 내가 너무 나이 들어 보이잖아.

호칭 좀 바꿔줘!

난 좋은데.

그럼… 뭐… 순록이 좋으면 그렇게 불러도 되고.

아니면 호칭 관련 내용은
조정해서 주중에 다시
피드백 드릴게요.

네!
메일로 의견 주시면
검토할게요.

!!

수고!

식사는 거기 어떨까요?
제가 지난번 제안드렸던
떡볶이집.

바비 분식?
거기 말고 다른 데로
가시죠.

…왜요?
거기 가요.

왜냐고?

-작가 세포-

〈시나리오 쓰고 있네〉

신순록… 그는 사내 비밀 연애 중이었다.
직장 동료들의 눈을 피해
엘리베이터 앞에서 그녀와 만나는 순간은
업무에 지친 그를 웃게 하는 순간이었으리라.

어흡!! 흠!! 큼!!!!

?!!!

어?!!
수… 수현씨?

…수7?

또 뵙네요.

그런데 여긴
무슨 일로?

편집장님 만나러…
편집장님! 만나러!

애는 소개팅할 때랑 완전히 딴판이네?
소개팅할 때 이렇게 입고 나올 것이지.

잠깐… 애는 소개팅을 왜 한 거지?

〈시나리오 쓰고 있네〉

신순록은
치밀하게 알리바이를 꾸몄다!
편집장이 주선하는 소개팅에 나간 것이다.
사내 비밀 연애 중인 것을
의심받지 않도록!!!

?!!!

빠지직

뭐야?! 그럼 난
이용당한 거네?

실은 내가 말 안 한 게 있는데 2

저랑 소개팅하신 분이에요.
편집장님 아는 동생이래요.

그래서 아까
그분은 누군데?

저 지난주에
소개팅했었잖아요.

오늘 즐거웠습니다.
나중에 대용 선배한테
안부 좀 전해주시죠.

저도 즐거웠습니다.
조심히 가세요.

그쪽도!

······

거절 의사는
빠를수록 좋지!

탕!!!!!

수현 : 좋은 분 만나세요 오늘 즐… 방금

네… 별써?!

제가 굉장히 맘에 안 들었는지
바로 거절 문자 보내시더라고요.

좋은 분 만나시길 바랄!

우리 만나는 거…
이미 눈치챈 거 같긴 한데.

나는 루비랑
제트 작가한테는 말하려고.
나중에 알면 섭섭해할 테니까.

너는?

편집장님한테는
정말 말 안 할 거야?
친하잖아 둘이.

대용이 형이 알게 되면
담당을 바꿔버릴지도 몰라요.

에이 설마.

예전에 그런 대화를
나눈 적이 있었거든요

웃샤…

가끔 공과 사를 구분 못 하고
자기 담당 작가랑 연애하는
편집자들 진짜 한심한 거 같아.

웃샤…

웃차!!!

그래서 작품에 대한
냉정한 판단이 되겠어?

툿쓰아!!!

아… 정말?
그래서 넌 뭐랬어?

그런 놈들은 다
편집부에서 퇴출시켜야 돼.

…그건 너무 심한데?

…라고 했어요.

…그놈 참
입이 방정이네요.

ㅋㅋㅋ
난 귀여운데?

아무것도 모르는
순진한 수현이가
그에게 반했다면 어쩔 뻔했나.

아… 기구한 그녀의 삶이여!

아! 이 슬픈 감정!
미어지는 이 느낌!
극대화한다!!

ㅋㅋ… 이건
슬픔 기쁜 좋아

그때 만약 그대가 수트를 입고 나왔더라면
안경을 쓰고 나왔더라면
내가 혹시 몰라서 거절 문자를 안 보냈더라면
우린 사랑이 되었을까요?

아…… 개슬프당

〈자학의 시〉
우울한 자신의 상황을 더 슬프게
표현해 슬픔을 극대화하는 기술.

019

삐비릭!

아까 못 물어봤는데
지난주 소개팅 어땠어?

?!

삐비릭!

순록 씨 제 스타일이 아니라서...
게다가 그분 현재 사내 연애
중이신 것 같던데?

네이비색 상의에 아이보리색
목도리 한 머리 노란 직원분이랑

?!!!!

삐비릭!

아니야 ㅋㅋ 그분
순록이 담당 작가야

만약 그랬더라도 내가
몰랐을 리 없지.

웃챠!

신 대리 있잖아

신 대리?

?!

비밀이 많은
사수자리… 설마 이 자식이
나한테까지 비밀을?

야냐. 순록이가
나한테 그럴리 없어!

은채 씨 혹시
신 대리 못 봤어?

아마 유미 작가님이랑
회의실에 계실걸요?

말도 안 되는 소문이 사실이라면 순록이 넌 담당자 자격 없다.

왜인지는 네가 더 잘 알지?

사내에 숨어 있는 비밀 커플을 잡아내기 위해

이 기술을 쓸 수밖에 없다.

실은 내가 말 안 한 게 있는데 3

헉!
언제 이렇게
녹았어?

잠깐만… 물티슈가
어디 있을 텐데?

?!

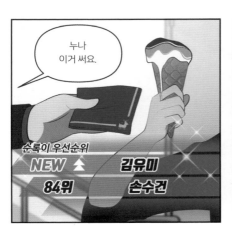

누나
이거 써요.

순록이 우선순위
NEW ⤴ 김유미
84위 손수건

손수건 아깝게…

이럴 때 쓰는 건데
뭐가 아까워요.

편집장님 곧 오실거예요.
회의실에서 기다리죠.

새로 나온 거야?
맛있네.

라즈베리 무스? 와장 와작

마지막은
순록이 꺼.

흥흥 내 꺼~

빨리!! 순록아!!
와작와작 씹어서 꿀떡 삼켜!
하하하하.

-출출 세포-

순록이 우선순위
17위   최애 까까

야! 순위 업데이트된 거
보고 이야기해.

-사랑 세포-

히잉...

누나 멍머요

순록이 우선순위
17위 ▲   김유미
18위 ▼   최애 까까

아냐, 너 먹어.
너 좋아하는 거잖아.

?!!

잠깐만!!!

아장

아장

아무래도 편집장님
오시는 거 같은데?

아, 그래?

그럼 우리 좀
떨어져 앉아 있는 게
좋겠지?

내가
저쪽으로 갈…?!!

툭!

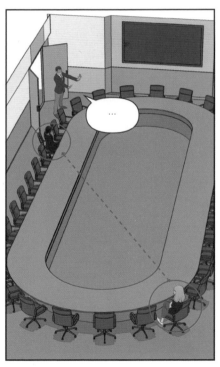

뭐 하는 거야?
미쳤어?

순록이 우선순위
5위   안대용

편집장님
오셨어요?

편집장님 오늘
힘이 넘치시네요.

하하 ;;;;
죄송합니다.

저 과자!

그리고 순록이
입에 묻은 저 부스러기.

혹시 두 사람
오손도손 함께
붙어 앉아 있다가

내가 들어와서
후다닥 떨어진 걸까?

이 부스러기가
유미 작가의 과자와
같은 것이라면

순록이 입에
그거 뭐냐?

난 현장을 잡은 것이다!

딱 걸렸군.
랭크 3위 신순록.

나를 감쪽같이
속이다니…

감춰서 미안하다.
랭크 6위 안대용!
하지만 랭크 5위를
곤란하게 만들 순 없어!

순록이 우선순위

| 5위 ▲ | 김유미 |
| 6위 | 안대용 |

널름널름!!!!!

깨끗~

!!!!!
보란 듯이
내 눈앞에서
증거 인멸을?!!

쿠쿵!!!!

왜? 내 얼굴에
뭐 묻었어?

증거 인멸?

저… 편집장님

순록아 내가 말 안 한 게 하나 있는데

나는 누군가를 좋아하면

그 사람에게
푹 빠지는 스타일이다?

실은 내가 말 안 한 게 있는데 끝

말로만 듣던
전설의 아이템
텔레파시!

여보세요?
누나 제 목소리
들려요?

누나! 말하지 마요!
사귀는 걸 말해버리면
누나 입장이 곤란해질지도
몰라요!

난 상관없어!

정말요?
정말 상관없어요?

하지만 랭크 3위인
나는 상관있는데?

순록이 우선순위
3위 프로페셔널한 순록이 이미지

?!!!!!!

공과 사를 엄격히 구분하며
회사에서 수년간 쌓아올린
내 이미지를

이렇게 쉽게
무너뜨리긴 싫은데?

결정해!
나야? 쟤야?

저럼 아마추어!!!

비켜 인마!!!
그걸 질문이라고 하냐?!
당연히 유미 누나지!!!

나는 일보다
사랑을 택할래!

이힝~

순록이 우선순위
3위   김유미
4위   프로페셔널한 순록이 이ㄷ

일보다 사랑이라고?
얘 말 함부로 하네?
일 안 하면 이런 집에서도 못 살아!
몰라?

누구?

집돌이에게서 집을 뺏으면
뭐라고 할지 궁금하네.

순룩이 우선순위
2위   집

앗! 내 집!!!

진심으로 대답해 봐.
이래도 좋아?

아늑하니 좋구만.
왜?

순룩이 우선순위
2위 ▲   김유미 ◄
3위 ▼   집

예를 갖춰라!!!!!
랭크 2위다!!!

랭크 2위께서
비밀 연애 오픈을
원하신다!

잠깐만! 대용 선배
내가 말 안 한 게 있는데.

?!!!

나 어제부터
유미 작가님이랑
사귀기로 했어.

아무래도 편집장인 선배는
알고 있어야 할 거 같아서.

에이~
거짓말.

진짜로.

진짜 진짜로?

진짜 진짜
진짜로.

큐우우우웅!!!!!!

순간 안대용의 마음속 깊은 곳에서
강력한 무언가가 거꾸로 치솟기 시작했다.

음… 어디서부터
이야기를 해야 할지.

첨부터 해줘.
첨부터!

저희가 실은…

실은?

〈끊기 신공〉
이야기를 중요한 순간에 끊어버려서
상대의 호기심 세포를 공격하는 기술.

근데 혹시
담당 바꾸실 건가요?

컷!!!!

크허어억!!!
끊기 신공이다!!!

고통스러워!!

다… 담당을
바꿀 거냐고?

편집장을 상대로
담당 바꿀 거냐고
대놓고 말하다니.

저는
조심성이
많아서

누나처럼
무모한 행동은
하지 않는답니다.

이러니…
제가 반하죠.

오지 캠핑에서 고기가 빠질 순 없죠.

주변에 전갈이 많으니까 조심해요.

왜 안 드세요?

아하! 귀하게 자라서 가젤 고기 같은 건 못 먹겠다 이건가요?

순록아.

네.

혼자서 이렇게 놀았던 거구나?

아 쯤!

자꾸 분위기를 깨버리면 오지 캠핑의 맛이 안 살아난다니까요?

크크큭. 알았어, 미안.

한번도 해보지 않은 거라 적응이 안 돼!

-사랑 세포-

파지직!!!

-상상 세포-

상상력을 좀 발휘해 봐!!

자! 오늘 오지 캠핑은 여기서 끝!

저녁 먹었으니까 이제 영화 보러 나가죠.

?!!

정말?? 영화 예약했어??

헉!

설마 테라스에서 캠핑만 하다 끝날 줄 알았어요?

어디 보자…
J열 6번, 7번이니까

…

아… 여기가
극장이었구나

순록이한테 맞춰주자!
여긴 극장이다! 극장이다!

-상상 세포-

그래 여긴
극장이다!

누나 뭐 해요.
여기예요!

!!!!!!

극장에 사람이
하나도 없는데?

제가 다 빌렸어요.

이 큰 데를??

저한테
극장 하나 빌리는 건
우습죠.

부잣집 도련님
콘셉트야?

그에 비해 누나는 가난뱅이 작가…
이런 당신에게 빠져서
극장까지 빌리는 나도 참 우습군요.

펑!

난 왜 가난한 콘셉트인데?!

대체 당신의
어떤 매력이 날
이렇게 만든 거지?

내 반반한
외모 때문이겠지.

…너무 나가시는군요.

룸서비스야.
너 룸서비스도 몰라?

?!!!

이런 8성급 호텔
스위트룸에 묵어본 적 없는 네가
알 리 없지.

8성이 뭐야?

닥치고
아이스크림이나
가져와!!!

서민들이
그렇게 좋아한다는
이 아이스크림.

어디 한번
먹어볼…?!!!

?!!!

뭐가 이렇게 많아?

8성급 호텔이라
그런가 봐요.

아니 아니.
진짜로 좀 많지 않아??

-아낌없이 주는 나무-

야야!! 분위기 깨지 마!!!
네 돈 쓴 것도 아닌데
왜 네가 난리야?!!

4개만 시켜도
팔갰어...으응

아!!!!!
돈 아깝게!!!!!!!!

콰앙!!!!!

-자린고비 세포-

와장창!!!!

둘이 먹는데
뭘 이렇게 많이 시켰어.
여기 엄청 비싼데…

누나 놀러 와서
일부러 넉넉하게
시킨 거죠.

혹시라도
부족할까 봐.

아… 내 말은
그게 아니고.

052

됐어요.
녹기 전에 빨리
드세요.

쉽게 먹을 수 있는
아이스크림이
아니잖아요.

특히 이런
오지에서는.

순록아.

네?

너랑 있으면
시간 가는 줄
모르겠어.

이건 진짜 진짜 진짜야 2

너랑 있으면 시간이 어떻게 가는 줄도 모르겠어.

벌써 집에 갈 시간이야.

더 할 거 없어? 맷돌 좀 더 빨리 굴려봐.

영차!

영차!

영차!

조금 더 있고 싶은데…

?!!!

..ll 🛜 5% 🔋

!!!!!

웃챠!
충전 좀 하고 가야겠다.
충전기 없나?

?!

충전기
갖다줄게요!

헉헉!

와!! 보조 배터리
찾았다!!!

오늘 너무 즐거웠어.
헤어지기 아쉽다.

도착하면
전화해요.

버스 온다.

아! 무슨 버스가
벌써 와!!!

이거…
너무 뺑뺑 돌아가서
다른 거 탈래.

그래요, 그럼.

어차피 5분 후에
버스 또 와!
이제 집에 가야지!

-사랑 세포-

-이성 세포-

헤어지기
너무 아쉬워!!

얘들아!!!
대박이야 대박!!!

뭔데 뭔데?!!!

?!!

칠칠 세포가
순록이 집에 파우치를
두고 왔대!!!

-칠칠 세포-

?!!!!!

와아아!!!!

와아아!!!!

어?! 너네 집에
파우치 놓고 온 거
같은데…

버스 늦게까지 다니니까
괜찮을 거예요.

그래~

아까 영화
어땠어요?

응!
너무 재밌었어.
특히…

난 영화 중간에 나온
짜파구리밖에 생각 안 나.

너 때문에
집중 못 했잖아!

짜파구리.

!!!!!!

주인님, 저를
부르셨습니까?

아니.
너 부른 적
없는데?

이건 진짜 진짜 진짜야 끝

자고 가요.

시간도 늦… 었는데

큽!!!!!!

하아아악!!!!

소문이 사실이었구나!!!!
요즘에는 속도가 엄청
빠르다는 게!!!

-응큼 세포-

빠르다!!!
예측할 수 없는
속도다!!

응큼아 지지 마!!
너는 노련한 응큼이잖아!
상대가 스피드로 나오면

우리는 노련함으로
승부한다!!!

좋았어!

그래!
자고 갈게.

그럼 편한 옷
드릴게요.

쑥

끄어… 편한 옷?!!

이거 입으세요.
세탁한 거예요.

순록이 잠옷…
기분 이상해.

자…
잠깐만!!!

왜 윗도리만
주는데?!!

응큼아! 이거
무슨 뜻이야??

아! 촌스럽게 왜 이래?
남자친구 옷이 기니까
원피스처럼 저거만 입는 거야!

-응큼 세포-   -이성 세포-

젠장?!
언제 그걸 까??

누나
씻으실 거죠?

저런 대사를
거침없이…

그럼 나도
거침없이.

응.

여기가 욕실.

응, 고마워.

누나.

?!!!!

탁!

머리…
감으실 거죠?

미쳤다! 미쳤어!!!
머리 감겨주려나 봐!!!!

누구 머리를??

설마 이 상황에
대기 머리
감겠냐?!!!

왜? 내가 감을수
있는데????

아!!!
요즘엔 다 이래!
자꾸 옛날 사람
티 좀 내지 마!!!

지금부터
어른들의 세계로
진입한다!!

애들은 다 나가!!!!

응.
감을 건데… 왜?

샴푸는
호랑이예요.

호랑이?!

!!!!!!

…나만
이상한 생각하고 있는
거였구나.

다 씻으셨어요?
저도 좀
씻고 나올게요.

저는 씻는 데 좀
오래 걸리는데.

괜찮아. 천천히 해.
티비 좀 보고 있을게.

485

연애는 심쿵 배틀이다.

?!!!

간밤에 남자친구가 덮어준
담요와 베개를 아침에 확인하면

!!!!!!!

-심장-

으아악!!!

심장이
공격받고 있어!!!!

쿵!

이것들 봐라…
눈뜨자마자 사람
설레게 한다 이거지?

우리도
아침 인사
들어간다!!!

-사랑 세포-

-세수 세포-

잘 잤어?

아직 깨지도 않은
출출 세포한테!!!
너무해!!!!

공복 상태라
설렘이 두 배였어.

-출출 세포-

웃기고들 있네.
어제 잠만 드렁드렁
잤으면서.

이제 와서
설렘을 찾아?

여기 잠 퍼자러 왔어?
수련회 왔어?
아! 깨웠어야지!

-응큼 세포-

왜 안 깨웠어!!!!

…깨우지.

!!

탁!

-응큼 세포-

어제
깨울까 했는데

아기 천사처럼 곤히
주무시고 계셔요.

용서하세요.
목욕 세포 때문입니다.
저도 지금 그놈 찾고 있어요.
그 자식이 샤워를 너무
오래 했죠?

다음부턴
샤워 짧게 할게요.

나 때문에 회사 늦는 거 아니야?

아녜요. 원래 아침은 꼭 먹고 나가요.

잠깐만… 삐뚤어졌다.

어?! 넥타이 삐뚤어졌다! 아! 거슬려 저런 거!

-다른 그림 찾기 세포-

순록이의 1순위

우선순위 1위가 되면
유미의 전폭적인 지지를 받지만

이거 유미가
갖다주래.

유미 우선순위
1위 일

1순위에게 늘 들러붙어 있는 이 녀석!
불안 세포 때문에 스트레스가
이만저만이 아니다!

잘해야 하는데…
어쩌지? 잘 안 되지??
안 돼!!!

-불안 세포-

…그만 좀 해.

이번에 잘 안 되면
사실상 끝장인데…
어쩌지? 어쩌지?
어떻게 하지??

아!
신경 쓰여서
일을
못 하겠네!!!

-작가 세포-

너 뭐 하냐?
1위 바뀐 지가 언젠데?

뭐?!!

유미 우선순위
1위 신순록

1위 순록이야.

안 돼 순록아!!
못 잃어 순록이!!!

아 살았다!
속이 다 시원하네.

유미 우선순위
4위 ▼ 일

유미 작가님.

작업 막바지라 그런지
요즘엔 좀 편해 보이시네요.

그런가요?

좀 내려놓으니까
맘이 편한 것 같아요.

순록이는
불안 세포가 강력하기 때문에
1순위를 아예 비워둔다.

순록이 우선순위
1위

오히려 이것을 역이용하여
뭔가 급하게 처리할 일이 발생하면
그걸 1순위로 올린다.

순록이 우선순위
1위　　오태식 작가 섭외

순록이 우선순위
1위　　오태식 작가 섭외

광!
광!

어떡해!! 섭외 안 되면
다음 달 기획 망하고
그러면 순록이는 죽어!!

오태식 작가님 섭외했어요.
이번 주에 기획 회의 때
오신답니다.

정말?
아! 다행이다!

1순위는 모든 하위 순위를 무시할 수도 있다.

수현이 우선순위
1위   칭찬받기

이번에는 좀 괜찮은 아이디어가 나와라 제발.

-작가 세포-

드르륵!
드르륵!

편집부에서 이번 단편 기대하고 있단 말이야!

대박 아이디어 나와라 나와…

꽝

아!! 꽝이 몇 개째야!!!!

떽!

왜 이렇게 떠오르는 게 없냐… 단편 마감이 얼마 남지도 않았는데.

여기 죄다 꽝만 들어 있는 거 아니야?!! 어으으으!!!

과장!

과장!

진정해. 대박도 몇 개 뽑았잖아.

뭔가 색다른 아이디어가 필요해!

알았으니 기다려봐

어서 오세요. 암시장입니다~

쓸 만한 아이디어 좀 있어?

네, 그럼요. 여기 뭐든지 다 있죠.

신박한 아이디어입니다. 얼마 전에 구했어요.

거기 작가 세포 아니야?

암시장에서
뭐 해?

-양심-

그… 그냥
구경하러 나온 건데?

아, 그랬구나~
나도! 나도!

잠깐! 손에 든
암시장에서 거래되는
밀수 아이디어처럼 생긴
그건 뭐야?

뽀… 뽑은 거야!
내가 뽑은 거!

아! 뽑은 거구나!
축하해~

나 속이는 거
아니지?

아니야…

타닥타닥

이런 건 나도 전에
생각했던 거였어.

양심 찾았어!
대용아!

떡!

으악!!!

유미 작가 책 출간에
문제가 좀 생겼어.

순록이 우선순위
1위   유미 작가 책 출간

순록아.

네, 편집장님.

유미 탓 대용이 탓 이자벨 탓

방금 설명드린게
현재까지의 상황입니다.
정말 죄송합니다, 유미 작가님.

?????

이번 일은
제가 책임을 지고…

내 아이디어가 도난당하다니
이게 무슨 말도 안 되는 소리야?

사고 터짐

저리 치워!

-이성 세포-

그래서 이 상황을
못 받아들이겠다
이거야?

당연하지.
말도 안 되는 일이잖아!

그럼 유미를 계속 이렇게
멍한 채로 세워둘 거야?

나 딸 아파

이건 꿈이다!!
이런 일이 유미에게
벌어질 리 없어!

……꿈 아니네?

찰싹!

○○ 실제 상황.

쿵쿵!

쿵쿵!

난 이 상황
받아들일 수 있어!

나 춰!

일이 술술 풀리면
유미 인생이 아니지!

까약~

-징크스-

준비했던 작품을 처음 떠올렸던 때
초대박 날 것 같다고 했었지?
그럼 반대로 이루어주지!

예끼 요놈들아!
쪽박이다! 하하하!

모든 것은 이 징크스님의
손아귀에 있지~ 랄랄라~ 야호!

까각까각!

원망하고 싶다면
유미 인생을 원망해~

…내 팔자가
그럼 그렇지.

쿠
궁
!!

…작가님.

징크스 꺼져!!!
이게 왜 유미 탓이냐?!!

-이성 세포-

원고 관리를 잘못한
출판사 탓이지!

착!

…놔라. 이건
내가 처리할 거다.

-감성 세포-

-이성 세포-

넌 일처리가 답답해!
따지는 건 내 전문이야!

감성이 화이팅!

니가 따져서
일이 좋게 끝난 적이
없거든?

그래… 펴… 편집장님도 잘해보려고 한 거잖아. 그만해!!!

-감성 세포-

그래! 이건 편집장님 잘못이라기보다는…

이자벨이란 사람이 문제다!!!

이 끓어오르는 분노는 이자벨에게 향해야지!!!

근데 이자벨 어떻게 생겼냐?

-상상 세포-

그야 모르지. 본 적 없으니까.

빨리 상상해서라도 떠올려봐!

타닥타닥

!!!

타닥!

이자벨

타닥!

097

이자벨 단편선

저자	**이자벨**
출판	**다크 문학사**
관련	오디오클립
도서	16,020원

이
자
벨
단
편
선

…의 이야기꾼으로 평가받는 '이자벨'작가의 보너스 7
이자벨 작가만의 독특한 아이디어로 신선한 재미를
다양한 주제를 속도감 있게 풀어내는 능력은 여전히

이자벨 작가만의
독특한 아이디어로
신선한 재미를 주고…

쾅!!

!!!!!!!!

아, 진짜
짜증 나!!!!

부르르…

…내려놔.
아직 할부 남았다.

넌 이 상황에…

-자린고비 세포-   -난폭 세포-

자린고비 세포.

유미 마을이 혼란한
이 상황에 묵묵히 자기 일을 하는
유일한 세포.

488

급 궁금!

자신감 세포
!!!!

?!!

급 궁금한 거 생겼어!!
빨리 메일이든 뭐든
보내서 물어봐!!!

나 궁금해 죽기!!!

-호기심 세포-

**Q. 넘넘 궁금한 게 생겨서 질문드려요~
자신감 세포가 들고 다니는 봇짐(?)에는
뭐가 들었나요? 갈아입을 옷인가요?
(ㅋㅋㅋ 넘 기엽)**

– 대전에서 아기 독자

거기에 뭐 넣고 다녀?
누가 물어봐서.

보여줘?

뒤적뒤적

-자신감-

자신감의 봇짐에는
유미의 멘탈이 들어 있다.

바사삭!

깨지거나 금이 가면
유미는 몹시 불안해진다.

초조하고
두렵고

왜 나한테만 이런 일이
생기는 걸까 생각될 때

남자친구를 보는 순간
서러움까지 밀려온다.

사랑하는 사람에게 기대서

크허엉!!!

순록가으아!!!!!

꿈틀~

꿈틀~

따뜻한 위로가 필요하다.

누나 넘 슬퍼…

참아왔던 슬픔을… 응? 잠깐만.

잠깐…
그래도 내가 순록이보다
누나인데 그래도 되나?

누나 여깄당 좀…

그래도 돼!!!
그러지 말라는 법
없어!!!

연애뷸

냉큼 이리 와!!!
누나 안아줘!!!!

누나
토닥토닥해 줘!!!

헉!!! 순록이는
더 죽을 상이다!!!!

대우울…

꿈결 뭔데!
내가 왜 춤을 맛인데?!!!

아… 맞다.
우리 순록이가
내 책 담당자잖아.

근심

기운 내.
순록아 ㅠㅠ

넘 맛있다~
그치이~

께작~

께작~

......

다크 출판사는
전혀 수긍하지
않는 상황!

순록이 우선순위
1위   유미 작가 책 출간

그렇다면 내가 직접
이자벨 작가를
만나볼까?

......

이자벨도
발뺌해 버리면?
그땐 법적 대응이다!

야!!!
누구 죽었어?

웃어 빨리.

넵.

걱정하지 마.
어차피 내 아이디어의
일부만 쓴 거잖아.

그야 단편이니까
분량 때문에 그랬을 수도
있고요.

모방했다는 걸
피해가려고
그랬을 수도 있죠.

절대 이대로
넘어가지 않을 거예요.

힐링된다
이거…

정말 모방한 걸 피해가기 위해서
나머지 아이디어를 다 버린 걸까?

아주 핵심적인 것들도
거기에 많았는데?

지난번에
순록이가 썼던 기술
사용할 수 있어?

-상상 세포-

왜 나머지 아이디어는
다 버렸는지 물어봐야겠어.

근데 난 이자벨이
어떻게 생겼는지
모르는데?

-작가 세포-

대충 유미가
무서워했던 사람으로
상상하면 되잖아!!!

유미가
무서워했던 사람?

…하필이면 왜 서세이야.

아니면 장소라도 좀 편한 곳으로 바꿔주면 안 돼?

맞다! 나 급 궁금한게 있는데 말이야.

나머지 아이디어는 왜 안 썼어? 중요한 게 많았는데.

이야기에 방해되니까.

?!!!!!

욕심부리느라 이것저것 잔뜩 넣으면 읽는 사람 피곤해지잖아.

!!!!

이야기가
붕 뜨는 느낌이라면

작은 설정들을
다 걷어내 버리면
해결되는 거네?

아… 이렇게
하는 거구나.

내 사랑 뮤즈

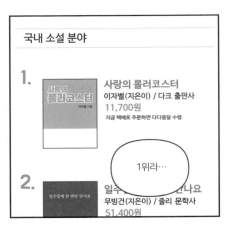

이자벨!
전국 1등은
어떤 기분이야?

궁금하면 1등 해.

…김유미
나 뭐 좀 물어봐도 돼?

나한테??
뭔데???

네 소설에 나오는
남자 주인공

유바비를
모델로 한 거
아니야?

ㅋㅋ 맞아.

처음 만났을 때부터
이상하게 얘랑은 끝까지
안 갈 것 같은 느낌이
들었거든.

그거 떠올리면서
쓴 거야.

남친도
다른 사람이
가져가고

미안.
근데 또 만들면 되잖아.
세상에 널리고 널린 게
캐릭터인데.

소설 속 캐릭터도
다른 사람이 가져가 버린
꼴이네?

딩키리리 딩딩딩!! 뿅 뿅

뭐야 수업 종 소리
왜 이래?

저거
수업 종이 아니고

내 휴대전화 벨 소리야.

!!

딩키리리 딩딩딩!!

딩키리리 딩딩딩!! 뿅뿅

루돌프
전화 왔어요!

어디? 집 앞??
안 보이는데?

아! 보인다.
이쪽으로 와.

순록아~
연락이라도
하고 오지.

순록이라뇨?
무슨 말씀이시죠?

붕어빵
배달 온 건데요?

떠엉!!!

저...저기 사람을 좀좀자...

붕어빵 주려고
들른 거예요.
시간도 너무
늦었잖아요.

하긴. 오늘
너무 늦게 끝나서
순록이 피곤하겠다.

어차피 금요일인데
자고 가든지.

콰르르릉!

쭈욱!!!

?!!!

...요청한 적
없는데?

주인님의
모든 체력과 마나를
충전했습니다!

아닙니다.
요청하셨습니다.

그럼 내일 보자.
내가 내일

아뇨, 자고 갈래요.

...누나 집에
욕조 있어요?

...없어.

이 캐릭터는 삶의 원칙이 확고해서
관찰하는 것만으로도 재밌고

장난을 치는 걸 좋아해서
틈만 나면 상황극을 해댄다.

안녕하세요.
옆집에 새로 이사 온
사람입니다.

그래. 이자벨 네 말이 맞다.

앞으로
친하게 지내요.

널리고 널린 게 캐릭터야.

490

이야기를 완성시키는 사람들

들어와.

네.

…되게 어둡네요.

여기에 있었던 것 같은데…

더듬…

더듬…

순록아.

불… 켜지 마.

!!!

네? 왜요?

왜긴 왜야!!! 분위기 보면 몰라?!

불… 켜지 마.

!!!

네? 왜요?

여자친구 집에 왔는데 정신 안 차릴래?

이히히힛!!!
이제 본격적으로
시작하나 보다! 가자!!!

어허허허힛!!

아!! 뭐 해!!!!!
넥타이부터 좀 풀어!
보는 내가 답답하다 야!

스윽

찰칵!

이쪽 거실 등
켜면 되거든.

…뭐 하냐.

어휴 이제 살겠네.
아! 넥타이
답답해서…

아… 아직 아닌가?
내가 좀 앞서갔나?

빨리 들어와.

붕어빵
식기 전에 먹자.

아 맞다!
생각해 보니까
없는데…

너도 깜빡했지?

아까 편의점
지날 때 사 올걸.

!!!!!!!

거기까지는 저도
생각을 못 했네요.

내가 빨리
사 올게.

됐어요.
왜 누나가 가요.

제가 사 올게요.

딸기 맛은 사지 마.

제가 알아서…
사 올게요.

어이쿠!
오늘 왜 이래?
좋네?

딸기 맛은 사지 마

제가 알아서—
사 올게요

…애들기 감자기
상냥히 안 나데

그거 사 오게 생겼네
그거…

철컹! 철컹!

?!

벌써 갔다 왔어?

진짜 빨리 다녀왔…
잠깐!

너 지금
뭘 사 온 거야?

쿠궁!!!

야…
이건 아니지.

아니긴 뭐가 아니야! 알아서 잘 사 왔구만. 왜?!

진짜 빨리 다녀왕... 잘한!

너 손에 턱

어... 이건 아니지

빨리 ▨▨ 하고 ▨▨ 하자!!!! 시간 없다!!!!

...딸기 맛은 진짜 아니라니까.

저 한번 믿어봐요. 의외로 붕어빵이랑 진짜 잘 어울려요.

진짜로... 아이스크림 말한 거였어?

나는 분명 그거 사 오라는 대화로 들렸는데?

...이름이 또 생각이 안 나네

야! 응큼 세포! 좀 조용히 해!

아까부터 자꾸 유미 머릿속 더럽힐 거야?!!

펑!!!

-응큼 세포-

127

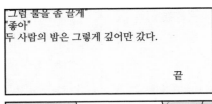

?!!!

그래!
소설을 쓸 때
비워두는 것도
필요하다.

읽는 사람이
상상할 수 있는
공간을!

491

용감한 세포들

뭘 사 왔어?

엥?!

이건 집에 많은데
말하지…

출격이다!
준비해라!!!

툭!

너무
긴장하지 마.

쓰카~

쓰카~

쓰카~

-혀-

아닙니다.
전 언제나 준비되어
있습니다 .

얼마만의
출격인가?

쓱싹~

쓱싹~

어제 점심에
크림 우동 위의
크림 핥으러…

그딴 거 말고!!!

키스 말씀이시군요.
기억이 흐릿할 정도로
예전 일이라…

어떻게 하는지
기억은 하나?

잊을 리가 있나요.

키스는 누구나 다
할 수 있는 것입니다.

정말 어려운 건…

키스할 타이밍을 잡는 게
어려운 일이지.

아니. 그래서 내가 시금치를
올려두고 물을 끓였는데

누나의 대사가 끝나는 순간
빈 공간을 치고 들어간다!

생각해 보니까 당근을 깜빡한 게 생각나서

누나의 대사가 끝나면 되는데

다시 급하게 마트에 가서 당근을 사려고 갔는데 그때 누굴 마주쳤냐면…

문제는 저게 아직 한 문장이라는 거야!!!

-응큼 세포-

누나 말이 너무 길다!!!!!!!!

학교 다닐 때 친구였는데 갑자기 이름이 기억이 안 나서…

안 되겠다! 끊자!

-응큼 세포-

유미 누나 말을 끊고 들어가는 수밖에 없다!

아니.

넌 혼자가 아니야.

나와 같은 존재를
발견하는 순간부터는

혼자라는 말은
쓰지 않아도 돼.

너무 밝아.

100럭스 이상의
밝기에서는
힘을 쓸 수 없어!!

-응큼 세포-

누가 불 좀 꺼!!!

침대 옆에
스위치가 또 있어!
저걸 끌 수 있겠어?

이 정도는…
어렵지 않아

탁!

포 유미!

오른손은 스위치를 찾아 등을 끄는데
성공했지만 귀환하지는 않았다.
과연 그들은 어디로 간 것일까?

글 쓰는 손

거실 등을 성공적으로 끈 오른손은 복귀하지 않고

궤도를 이탈해 제멋대로 행동하기 시작했다.

오른손! 지금 뭐 하는 짓이야?! 즉시 복귀해!!

-이성 세포-

…놔둬.

?

-응큼 세포-

오른손이 향하고 있는 곳을 봐. 녀석들은 순록이의 척추 협곡을 향하고 있어.

협곡 트래킹을 하려는 모양이야.

지금 오른손은 유미가 명령하지 않아도 할 일을 알아서 척척 하는 착한 녀석들이야.

스윽

〈나도 모르게〉
세포들이 유미의 명령을 받지 않고
독자적으로 행동하는 것을 지칭한다.

그리고 키스하는 이 와중에
나도 모르게 걱정도 밀려왔다.

내 원고
어쩔 거야!!!

떵!!!

유미 우선순위
4위   일

-작가 세포-

팡!

팡!

야 이 한심한 놈들아!
작품이 털렸어! 이것들아!!!
지금 등짝이 중요하냐?!!

오른손이 지금
순록이 척추 협곡으로
트래킹 간대!!!

비켜 쫌!!!

등!!! 등!!!

벌러덩~

유미 우선순위
9위   일

145

잊지 마!
모든 세포들이 너희를
주목하고 있다는 걸!

쿠우우우우!!!

오른손한테서
이래도 되는 거냐고
교신이 왔습니다.

닥치고
빨리 착륙이나
하라고!!!!

빡쳤어!!!!!

지금 착륙이고 나발이고
유미 원고 어떻게 되찾을 건지
긴급회의를 열어야 해!!

쉿!

??

역사적인 순간이야.
아무 말도 하지 마.

유미 우선순위
19위

일

오른손이 갈 곳을 잃어 찾아간 곳이 H-2 행성일 줄 누가 알았을까?

순간 나는 깨달았다.

그래. 위기는 곧 기회가 될 수도 있다.

유미 우선순위
아웃 오브 안중 ▼ 일
획!!

세포에겐 작은 한 걸음이지만 유미에겐 큰 도약이었다.
-오른손

기회는 반드시
위기와 함께 찾아온다.

위기?

진짜 끝내주는
작품을 쓸 기회.

유미 우선순위
4위 NEW! 새로운 원고

원고 도용된 거요?

그렇지.

그럼 기회는 뭔데요?

이거 네 거 아니지?

넥타이랑 양말은 옷장 밑에 있을 거야.

네.

?!

엑스라지…

오!

명품…

Chapter.493
XL

남자 거 같은데?

…아닌가?
여자 오버핏인가?

-집안일 세포-

헤헤.

당장 없애!!!
지금 당장!!!!!

아....알았어!

흭!!!

아! 이거 버릴 거.

언제 적 바비인데 아직도 흔적이 남은 거야!!!

샅샅이 뒤져서 혹시라도 남은 것을 다 찾아내!!

이거 봐! 남아 있는 게 있잖아!!!

그건 못 버려.

바비를 모델로 만들긴 했지만

나에게 보내는 시그널 (4차 수정) 김유미 작가

유미의 일이잖아. 그래서 버릴 수 없어.

그런데 예전 원고를 진짜 버릴 생각은 아니죠?

예전 원고?

그거 어젯밤에 이미 버렸는데?

-작가 세포-

나 원고를 새로 쓸 거거든.

그래도 힘들게 쓴 건데 아깝잖아요.

미련 없어요?

?!!!!

???

-구질구질 세포-

풉!!!!

휴다닥!!!!

뭐야?! 너 왜 도망가는데?! 저 자식 수상하다!!!!

헉! 유미의 원고!!! 요놈 이럴 줄 알았어! 미련으로 남겨뒀어!

아깝잖아!!!
놔두면 나중에
쓸데가 있단 말이야!

미련 없어.

…아깝다

나중에 쓸 원고가 있으면
작가 세포가 새 원고를
쓰겠냐?

이자벨 작가는
협회에 공문을 보내서
대응하려고 했었는데

그건
어떻게 할까요?

이젠 어떻게 하든
상관없는데?

-작가 세포-

그냥
내버려 두지 뭐.

왜 안 먹어?

응?

네가 좋아하는 건데 손도 안 대길래.

…그러게. 원래 좋아하는 건데.

요즘 왜 그래?

무슨 일 있어?

없어.

없네?
어딨지?

작가 세포야
어딨어?

-양심-

꼭꼭 숨어라.
머리카락 보일라.

쿵!

쿵!

덜덜덜덜

-작가 세포-

아! 맞다!

?!!!!

얼마 전에 나온
네 단편집 읽었어.

너무너무
재밌던데?

수현이 우선순위

1위   칭찬받기

신간 소설 1

그 남자 옷이 너무 튀어서 잠깐 쳐다봤다.

연예인…
은 확실히 아니고

의류 회사에
다니는 사람일까?

나도 사려고
고른 책을 집어 들더니

읽기 시작한다

로맨스 소설
이라니.

뭔가 되게
안 어울리네.

분명 유쾌한 소설인데
엄청나게 심각하게 읽는다.

어찌나 몰입해서 보던지
책 속으로 들어갈 판이다.

남자들도 로맨스 소설
되게 좋아하는구나?

갑자기 궁금해졌어.
저 사람 뭐 하는
사람일까??

-호기심 세포-

뭐 기왕 마주쳤으니
한번 스캔해 볼까?

스캔한다!!!

저기요.

저요?

어떡해!! 맞나 봐!
번호 따는 건가 봐
!!!!!

꿈만 같다! 말도 안 돼!
봤냐? 나 아직 안 죽었다!!!
번호? 당연히 달라면 줘야지
아니! 일단 번호는 주고 톡 주고받아서
이야기해 보다가 괜찮으면 만나는 걸로 하자
가까이서 보니 눈이 선하게 생겼다
좋은 사람 같
의외로 이런 거 보니 순정파기
휴가 안 쓰기 거 다시 쓴   두자
사람 일 혹시 ㄹ 까

왜요?

그 책 초판 하드커버가
그쪽이 사신 게 마지막이라고
하더라고요.

????

실례인 줄 압니다만
혹시 저한테 파실 생각
없으실까요?

아······

그럼 그렇지!! 요새 서점에서 누가 번호를 따!!!

꾀애액!!!!!

-그럼 그렇지 세포-

아! 사람 헷갈리게!!! 이 되팔이!!!

카오!!

저도 필요해서 산 거예요.

안 팔아요.

아 네… 그렇군요.

그럼 혹시…

혹시라도 나중에 다 보고 필요 없어지게 되면 자기한테 팔라고 했다.

가격은 부르는 대로 사겠다고 했다.

큐알 코드만 인쇄된 이상한 명함 뒤에 자신의 번호와 이름을 적어줬다.

그의 이름은 구웅이었다.

신간 소설 2

내가 바쁘든 말든 자기 할 말이 생기면 갑자기 툭 튀어나오는 녀석이 HOXY 세포다.

타닥—

타닥—

내가 곰곰이 생각해 봤는데 말이야.

-HOXY세포-

펑!

혹시 번호 따는 게 아니라 번호를 건네주기 위한 전략은 아니었을까?

만약에 진짜면?! 연락 오길 기다리는 거면?!! 그래서 놓치면 누가 책임질 건데!!

…또 저 이야기

일 좀 합시다!

책 어떻게 하기로 했어?

그러게…

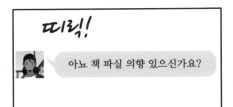

아뇨 혹시 책 파실 의향 있으신가요?

넵

어디가 편하신가요?
제가 그쪽으로 갈게요

삐비릭!!!

슬기야!!
너 지난번에
남자친구랑 갔던
카페가 어디였지?

거기? 줄리단길.
거긴 왜?

줄리단길 쪽에서 보면
괜찮을 것 같은데요

네 좋습니다
오늘 거래 가능하세요?

삐비릭!

....

오늘은 일 때문에 어렵고
이번 주 토요일 괜찮습니다

타닥!

타닥!

어디에서
나온 책이야?

줄리 문학사.

줄리 문학사?
거기 순록이 다니는 회사잖아!

잘 해결했냐? ㅋㅋ

삐비릭!

응 잘 해결했어
작가협회 연결해 줘서 고마웠어

고마웠으면 나도 부탁 좀

뭔데?

나 책 좀 구해줘
너네 회사 거야

나 왔어 순록아.
빨리 가자. 시간 늦겠어.

!!

누나 혹시
초판 남은 거 있어요?

누가 좀
구해달래요.

돈 내고
사라 그래!!

-자린고비 세포-

-사랑 세포-

줘! 줘!
집에 많잖아!!

정민이라고 암튼 걔 친구의 회사 사람이 애타게 누나 책 구하고 있대요.

아 정말? 넘 감동이네.

잠깐만. 정민이면 남자야 여자야?

-귀-

남자.

그… 방금 말한 정민 씨는 남자분?

아뇨, 여자.

있어라!

있어라!

제발 한 권이라도
남아 있길 기도합시다!!

제발…

한 권만!!!

뭐래?
책 있대?

그냥 솔직하게 말하고
차나 한잔하자고 해봐.

그런 말은 죽어도 못 해.
너무 이상한 사람 같잖아.

…없대.
심지어 출판사에도
재고가 없대.

안 돼!!!

어어! 프로필 사진!!!
나도 보여줘!

구웅
Ku Woong

대화하기

오오!
멋있네!!

그치?
근데 실제로 보면 좀
날카로운 인상이야.

머리까지 길어서
좀 무섭기도 한데

뭐랄까?
아우라가 좀 있다고
해야 할까?

아! 자신감이
넘쳐 보인다고
하는 게 맞겠다.

그런 사람이면
왠지 만나는 사람
있지 않을까?

아냐, 없을 거야.

네가 어떻게 알아?
만나는 사람 없는지?

샥!!!!!

Inni Cafe

있으면 어쩔 수 없지.
맘 접어야지 뭐.

…없어.
없을 거야.
없어야 되고.

사진으로 봐서는
되게 쿨한 성격 같아 보여.

죄송합니다만 제가 책을 잃어버렸는지
아무리 찾아도 없네요 ㅠㅠ
좀 더 찾아보고 연락드려도 될까요?

괜찮아요 책 필요 없을 것 같아요
미리 연락 주셔서 감사합니다
좋은 하루 보내세요

띠릭!

삐비빅!!!

그치?
맺고 끊는 것도
확실할 거 같아.

혹시 책 구했어? ㅠ

삐릭!!!

편집장님 벌써 도착하셨대?

아뇨. 정민이 책 구했냐고. …미안하네.

…친해?

그렇게 친한 건 아닌데 좀 미안한 친구?

취업스터디 멤버였는데 얘한테 도움 많이 받았거든요.

워낙 주변 사람들 잘 챙기는 타입이라.

근데 스터디 그룹에서
얘만 취업이 안 됐었거든요.
아주 오랫동안.

하긴 그땐 저도
누굴 도와줄 수 있는 상황이
아니라서.

!!

도움만 받고
나는 못 챙겨줘서
미안한 마음이 좀 있죠.

근데 지금도 좋은 일 있으면
제일 먼저 축하한다고
연락 오는 친구예요.

회사 옮겼다며
축하해 ㅋㅋ 줄

아마…

작업실에
초판 한 권 있을 거야.
잠깐 들렀다 가자.

나도 누구 챙겨주려고
놔둔 건데, 일단
네 친구 먼저 전해줘.

친구한테 말해줘.
책 있다고.

연락해 줘야겠다.
좋아하겠네.

에고고고…

따릭!!

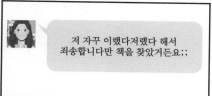

저 자꾸 이랬다저랬다 해서
죄송합니다만 책을 찾았거든요;;

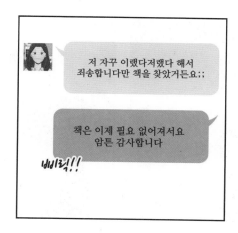

저 자꾸 이랬다저랬다 해서
죄송합니다만 책을 찾았거든요;;

책은 이제 필요 없어져서요
암튼 감사합니다

삐릭!!

거봐라!!!!!

-그럼 그렇지 세포-

그게 마지막 대화였다.

아니! 아직 대화 안 끝났어.

-HOXY 세포-

이렇게 된 이상 내 필살기를 써야겠다!

뻔한 결과 꼭 끝을 봐야 시원하겠어?!

혹시 모르잖아.

지금 네가 보내는 문자 하나를 계기로

연애가 시작될지!! 혹시 모르잖아!!!

 실은 그때 잠깐 이야기 나눈
기억이 너무 좋아서 책을 계기로
한 번 더 뵐 수 있으면 좋겠다고
생각했었는데요...... 호옥시
괜찮으시다면 줄리단길에서
저랑 차 한잔하시면 어떨까요?
(만나시는 분이 있으시다면
너무나 죄송합니다;;;)

497

신간 소설 끝

두둥!!!

실은 그때 잠깐 이야기 나눈 기억이 너무 좋아서 책을 계기로 한 번 더 뵐 수 있으면 좋겠다고 생각했었는데요…… 호옥시 괜찮으시다면 줄리단길에서 저랑 차 한잔하시면 어떨까요? (만나시는 분이 있으시다면 너무나 죄송합니다;;;)

?!

나는 만나는 사람이 있는가?

아니오

……

만나보고 싶은 상대인가?

아니오

거절한다.

타닥!

죄송합니다만|

타닥!

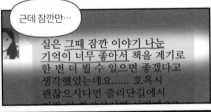

근데 잠깐만…

실은 그때 잠깐 이야기 나눈 기억이 너무 좋아서 책을 계기로 한 번 더 뵐 수 있으면 좋겠다고 생각했었는데요…… 호옥시 괜찮으시다면 줄리단길에서

무슨 이야기를 나눴었는가?

????

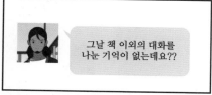

네가 답장을 보내!

-TMI 세포-

내가? 필요 이상으로 많은 정보를 나열하는 특성을 지닌 나 TMI 세포가 구웅을 상대하라고???

빨!

실은 저한테 말 걸기 전부터 보고 있었어요

세포7765
묘사가 자세하네 ㅋㅋㅋ

세포3356
옷이 튀긴 했지

세포8865
웹소설 도입부인가요?

세포3356
문자 엄청 길어질 듯

그날 흰색 브라키오사우루스 패턴의 스칼렛 레드색 카디건을 입고 서점에 들어오셔서 눈에 띄었었거든요

게다가 집중해서 보셨던 책이 제가 마침 골랐던 책이라 관심이 더 갔었죠

세포6512
하암~ 벌써 지루해

세포5546
닥쳐라 찬물 끼얹지 말고

세포3356
구용 : 문자 다 보내면 깨워

세포5546
아예 고백을 해라

그러다가 문득
'어떤 사람일까?' 궁금했는데
책을 팔 수 없냐고 물으셔서
굉장히 놀랐어요

결과적으로는 그 책은
잃어버렸지만요

???

오류를
발견했는가?

네

아까 책을 찾았다고
하시지 않았나요??

타닥!
타닥!

제 책은 못 찾았지만 대신
다른 책이 생겼어요 ㅎㅎ

드라마 같은 일이 생겼거든요!

......

그니까… 그 드라마 같은 일이 뭐냐고?

궁금한가?

네

빨리 알고 싶은가?

〇 〇 〇 〇

답변을 재촉한다.

삐릭!

책이 어떻게 다시 생겼는데요???

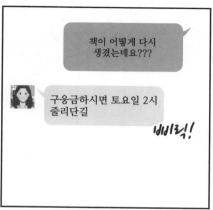

JENNY ★★★★★
잼나네 ㅋㅋㅋ

준영이 ★★★★★
가볍게 읽기 괜찮은 듯

JENNY ★★★★★
다른 의미로 나에게 설레임을 가져다준 작품
작가님도 행복하세요!

진 ★★★★★
아!!! 재밌땅!!!!

Cersei ★★★★★
굿

쉘 위 댄스 1

요새 날씨 엄청 좋지 않아?
요즘 같은 때 제주도 간 사람들
엄청 신나겠네. 크으…

어?!

김유미 소설 부문
현재 1위!!!

우와!!
진짜 진짜?!!

여자친구는 가끔 기분이
좋으면 춤을 출 때가 있다.

으쓱~

으쓱~

둠칫!

둠칫!

!!!!

얍!!!

뚝!

방금

방금 뭐?

춤 췄죠?

누가? 내가?
ㄴㄴ

실제로 목격한 적은
한 번도 없다.

샥!!!

??

국자에 반사된 장면을
통해서

끼얏호!
수제비 좋지!!

그 존재를 처음
확인했을 뿐이다.

여자친구는
내 시야의 사각지대에서만
춤을 춘다.

205

서프라이즈한 상황에서는 흥을 못 참고 잠깐 나오는 것 같아.

…그렇다면

서프라이즈한 상황을 만들어내면

-프라임 사랑 세포-

또 만날 수 있지 않을까?

…듣고 있어?

?!!!

네.
루비 씨가 전시회를
보고 왔다고.

그렇지

원래는 말티즈 특별전을
나랑 가기로 한 건데
제트 작가랑 홀랑
둘이 가버린 거지.

…누나, 강아지
좋아해요?

강아지덕
소모임

응, 귀엽잖아.

근데 전시회에
사람이 너무 많아서 제대로
보지도 못했는데 암튼
그게 중요한 게 아니라…

여자친구는 늘
단서를 흘려둔다.

툭!

여자친구에 대해 더 알고 싶다면
흘린 단서를 주워서 펼쳐보기만 하면 된다.

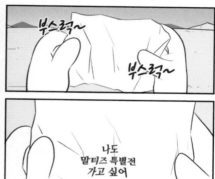

부스럭~

부스럭~

나도
말티즈 특별전
가고 싶어

저녁 넘 맛있었어.

다음에 더 맵게 할까요?

…그래.

누나

집에서만 데이트 하는 거 편하고 좋죠?

?!!

-대답 솔루션 팀-

나는 섭섭해 진들이들이 싫었고 순욱이 요즘 바빴잖아!

당분간은 좀 맞춰주면 어때?

응. 집이 편하고 좋지.

따랑!!!!

어? 나한테 지금 문자 보냈어? 뭘 보낸 거야?

어?!
말티즈 특별전
티켓 산 거야?

아까
그 이야기했다고???

두둥!!!!!

꿈틀!

꿈틀!

소환하는 건가?!!

아!! 나왔다!!!
댄스 세포!!

하하하.
좋다 좋아!

씰룩~

씰룩~

나는 알아냈다!!!
김유미의 댄스 세포 소환법을
알아냈어!!!

우칫!

뚜칫!

짧았지만 소환시켰다!

한 번 더??

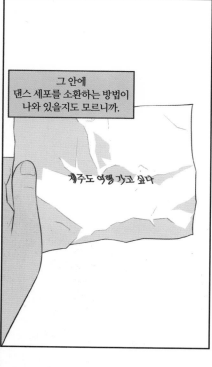

그 안에
댄스 세포를 소환하는 방법이
나와 있을지도 모르니까.

체주도 여행 가고 싶다

그렇다면 여자친구가
오늘 흘린 단서를 주워서

펼쳐봐라.

쉘 위 댄스 2

누나!
혹시 샌들 있어요?

?!

여름용 가죽 샌들 1개,
비치 샌들 2개!
그러면 1 더하기 2니까…
세 개!!!

-패션 세포-

패션 세포는 빠르다.

호기심 세포는 더 빠르다

갑자기 샌들은
왜?!!!!

아 궁금해!!!

쌔애앵!!!

샌들은 왜?!
왜? 왜?

왜 물어봤는데?!!!

여긴 빠른 놈이 마이크 잡는 세상.

파닷!!!!

어딜!!

-여행 세포-

샌들 있어? = 바닷가 갈래?
둘은 같은 말!

츄릅!

아니다. 가장 절박한 녀석이
마이크를 잡는 세상이다.

그냥…
샌들 있냐고
물어본 건데.

야!
누군 몰라서
가만있는 줄 알아
?!!!!

샌들은 왜? 여행 가게?
바닷가 같은데?

갈 거면
샌들 새로 하나 사고.
너무 낡았거든.

이 자식이
남의 서프라이즈에
찬물 뿌리네? 응?

우리도 다 알거든?!

저거 서프라이즈면
어쩔래?
네가 물어낼 거야?

감성 세포야!
유미가 찾아!

너 이 새끼
오늘은 죽은 줄 알아

이거까지 같이 계산해 주세요.

네.

저거 유미 주려고 산 거다!!

-사랑 세포-

-입방정 세포-

못 본 척하라고!

이따가 순록이가 저거 주면 리액션 좀 해줘!

넵!

-리액션 1호-

전혀 몰랐다는 듯 ㅇㅋ?

ㅇㅋ

누나 이거!

!!!

어?!
뭔데 뭔데?!

이거 뭔데?!
나 주려고 산 거야?!

귀여워서
하나 샀어요.

으앙!! 뭔데!!
고마워!!

개감동이야!!

넘 예쁘당!!!

....

히힛
고마워~

....

아 진짜??
어떻게 췄지?
내가 어떻게 췄을까?
재연하고 싶다.

근데 너
춤 잘 추네?

……

우리 여기서
내리죠.

띵!

지하 1층 가는 거
아니었어?

온 김에
샌들 좀 보고 가요.

샌들??

백화점 안에서 패션 세포는
정말 빠르다.

와다다다다!!!

남자 어반 스타일 샌들
봐둔 거 하나 있어!!!
내가 고를 거야!!!!!

내가
봐둔 거 있는데.

하지만 휴가 시즌에
여행 세포를 따라갈 순 없지.

이 멍청아!!
저건 해변용 샌들
말하는 거야!!!!

팟!!!

샌들 사러 가요 = 바다 보러 가요
둘은 같은 말이거든.

비치 샌들?

네.
누나 신을 거.

새로 사야 한다면서요.

우리 진짜 휴가 때
어디 가는 거야?

음… 제주도?

에잇 결국 말해버렸네.

쉘 위 댄스 3

하…
비행기 시간 늦겠네.

빵!

빵!

그러게 좀 더
일찍 나왔으면
좋았잖아요.

일찍 가도
할 거 없다고 한 건
너잖아.

차가 이렇게
막힐 줄은 몰랐죠…
왜 화를 내요?

〈여행 징크스1〉
내가 공항 갈 때는 반드시
길이 막힌다.

싸워라 싸워라! ㅋㅋㅋㅋㅋ
김유미가 모처럼 여행 가는데
쉽게 될 줄 알았더냐?

파닥파닥

-징크스-

도착하기도 전에
싸우게 생겼네.
푸헤헤헷.

나 여행 세포야.
설마 내가 이걸
예상 못 했을까 봐?

-여행 세포-

yumiiii****

yumiiii**
공항에서 커피 한잔
차가 의외로 막혀서 일찍 오길 잘한 것 같아요**
#여행 #공항 #여유

시간 맞춰서 왔으면
큰일 날 뻔했어요.
차가 그렇게 막힐 줄 몰랐어요.

일찍 나와서 다행이야.
넘 설렌다 히힛.

헤헤헤

yumiiii****

yumiiii**
순록이 아픈 줄 알고 식겁.
그냥 더웠을 뿐이래요 휴우~
#여행 #비행기 #두근두근

아깐 오해해서 미안해.
네가 또 여행 망치는 줄 알고.

아냐, 괜찮아.
오해할 수도 있지.

손 좀 줘볼래?
줄 거 있어.

나한테? 뭔데?

?!!!!!

뚝!

〈여행 징크스3〉
여행지에 도착하면 반드시 비가 온다.

주륵一

아… 비 온다.

분명
새벽에 온댔는데…

주륵一

망했다… 망했어.

오늘 일정은 다 끝났네.

일단 비 그칠 때까지 숙소에 있죠 뭐.

숙소?!

오후 스케줄 없어도 돼! 아니, 없어야 돼!

-응큼 세포-

펑!!!

응큼이가 커졌다!!!!

이쪽은 나한테 맡기고 어서 유미를 숙소로!! 어서!!

이러려고 왔다 어쩔래?!

그럼 우리 숙소로…

-출출 세포-

누구 맘대로 다른 스케줄을 다 없애? 너 혼나볼래?

헉!!

그럼 우리 숙소 가서 비 그칠 동안 맛있는 거 먹자.

?!

근데 너 진짜 괜찮은 거 맞아?

누나 저 진짜 괜찮아요.

순록이 배가 아까부터 왜 이러는 거야!!!

빨리 배 속에 있는 놈들 다 소환 조사해!!!

배 아퍼...

yumiiii****

yumiiii****
드디어 도착...했으나
아쉽게도 비가 와서 숙소에서 딱새우찜 먹기로
#여행 #비 #딱새우찜

쉘 위 댄스 4

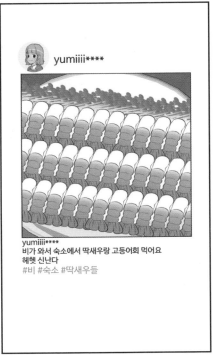

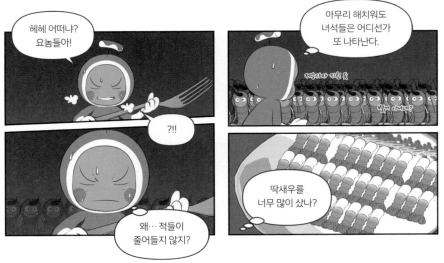

딱새우
펀치!!!!!

퍼억!!!

순록아!!!!!

악!!!!

털썩!

?!!
너 왜 안 먹어?

먹고 있어요.

너 솔직히 말해봐.
어디 안 좋지?

…저 아무래도

체한 거 같아요.

241

근데 이렇게
아플 때 손 눌러준
사람은 누구였어요?

아프니까
질투도 하네?
ㅋㅋㅋ

음… 그게? 누구였더라?
분명 누가 눌러줬던 거 같은데?

왜?
속이 안 좋아?

응. 뭔가 좀 답답해서.
…뭘 잘못 먹었나?

손 줘봐.

아니면 드레스를
너무 꽉 조였나?

어때?
좀 괜찮아?

아직…
그래도 기분은
너무 좋네요.

손 지압이
통하지 않는다면…

기분만 좋으면
안되잖아?

다른 방법을 찾아내!
맷돌 좀 굴려봐!

병원 가!

영차!

손을 따!!!!

똥 싸!

영차!

순록이 아프다는
소식을 듣고 왔어.
우리가 좀 도울게.

-왼손-

아니 왼손?!
니들이 뭘 할 줄 안다고?
글씨도 못 쓰는 것들이.

부들~

부들~

248

훠이~
니들은 몰라도 돼.
가서 왼쪽 등이나 긁어.

-이성 세포-

너까지 우릴
무시하는 거야?

떡!!

왼손은
특별한 손이야.

이 기술을 들어본 적 있겠지?
〈유미 손은 약손〉

비록 젓가락질은 못 해도
왼손에게는
특별한 능력이 있지.

좀 어때?

어… 음 글쎄요.

옷이 있어서
약손 에너지가 순록이의 배로
제대로 전달되지 않아!!!!

옷 속으로 넣어서
맨살에 약손을 시전하자!

-왼손-

유미 숀톤 약손~

?!!

유미 숀톤 약손~

뭐?!
맨살에?!!

그건 좀
아니지!!!!

-이성 세포-

너 대체 무슨 생각하는 거야?
아픈 사람 앞에 두고
설마 ███를 생각하는 거야?!
맙소사!!!

지금 이런 상황에
███가 생각이 나??

...미안해
하던 거 계속해

?!!!!

소흑

풀떡~

풀떡~

?!

…순록아?

지문 인식 잠금 해제합니다

-응큼 세포-

부름을 받고
재빨리 달려왔습니다!

안 불렀어!!!
꺼져!!!

난 지금 배가 아파서
그런 걸 상상할 상황이
아니라고! 돌아가!

그후고 끼??

그렇다면
그런 걸 상상할 수 있도록 체력과
마나를 원상태로
회복시켜 놓겠습니다, 주인님!!!

아! 됐다고!
필요 없다고!

약손의 효과가
들어간 것 같은데
이제 그만 손 좀 빼지?

유미 손은 약손~

유미 손은 약손~

아, 그만 좀 해!
언제까지 조물딱거리고
있을 건데!!!!

이 응큼한 것들아!!!

-사랑 세포-

?!!!

ㅌㅌㅌㅌ

-응큼 세포-

아직 멀었어.
스무 바퀴는
더 돌려야 해.

괜한 오해하지 마.
설명해 줄 테니까.

퉷!

퉷!

유미야, 정신 차려!!
순록이의 배를 만지고 있는
애들 중에 응큼이도
섞여 있어!!!!

-이성 세포-

?!!!!

ㅌㅌㅌ

?!!!!

이제… 괜찮아졌…지?

스윽

그럼 이만…

슈우욱!!!!

잠깐만!!!

촥!!!

쿵쿵쿵—쿵 쿵 쿵—

결혼식 날 너무
긴장한 나에게

순록이가
심장 모스 부호를
보냈다.

유미의 세포들 1

오늘따라 맑은 하늘이 너무나 아름답다.

-황영심-

나 지금 폭발할 것 같은 기분이야

어제는 비 온다고 폭발했는데 오늘은 맑아서 폭발해요.

폭발이야말로 감성 세포가 할 일이야.

-감성 세포-

주변에서 일어나는 흔한 일에도 의미를 부여해서

우와~

영심이가 순간순간을 늘 새롭고 짜릿하게 느끼게 해줘야 해.

나도!
나도 해볼래요!
폭발시킬래요!

여기서 말고
그곳에 가게 되면 그때부터
네 능력을 쓰게 될 거야.

그곳???

?!!!

천천히 먹어요
만식 씨.

와구와구

용서할 수 없어!!!
단 한 녀석도 남겨서는
안 된다!!!!

-출출 세포-

아~앙

요놈들!!!
가만두지
않을 거야!!!

와다다다!!!

와… 진짜 멋있다.

그만 좀 해!

뭘 그만해?!

만식 씨 그렇게 먹는데도 살이 안 찌는 거 보면 신기해요.

먹어도 안 찌는 체질이라서요.

넘 멋있어요! 크림빵들 더 혼내줘요.

영심씨! 빵을 좀 더 시킬까요?

-출출 세포-

한꺼번에 많이 먹는게 중요한 게 아니란다.

머리 위에 달린 입맛을 지켜내는 게 더 중요하다는 거 잊어선 안 된다.

근데 저는 입맛이
왜 없는 거예요?

그곳에 가게 되면 거기서
새로 부여받게 될 거야.

그곳??

저는 여기서
일하는 게 아닌가요?

굿
쵸
!!

어디에 있든 그건
중요하지 않아.
중요한 건 뭐라고?

입맛을 잃어버리지 않고
간직하는 것!

그렇지!
우리 출출이는
어딜 가든 잘할 거야.

특별하게 선택된 아기 세포들은
비행기를 타고 유미공항으로 향했다.

행복하렴!!!

261

난 이성 세포야.
만식이 마을에서 왔어.

← 입국장

쉽게 말하자면
폭발 전문가야.

나는
영심이 마을에서 온
감성 세포라고 해

감성 세포는
무슨 일을 해??

우와! 멋있다!
그런 세포도 있구나.

너는?

나는 누굴
말리는 일이래

누굴 말려야 하는지는
아직 모르지만… 헤헷.

앞으로
우리 친하게 지내자.

그래…
앞으로 잘해보자.

264

나는 오래전에
이미 알고 있었어.

세상에서 가장 강한 세포는
사랑 세포라는 것을 말이야.

오스칼 오빠!
사랑해요!!!

-사랑 세포-

용돈 모아서
콘서트 꼭
갈게요!!!

누군가를 좋아하는 힘은
끝도 없이 나오나 봐.

지치는 법이 없지.

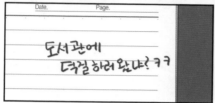

-사랑 세포-

두근!!!
두근!
근!!!!
두근

세대교체는
순식간에 이루어지지.

휙!

사랑 세포가
원래 좀 그렇잖아?

두근!
두근!
두근!
두근!
두근!

엄청난 에너지의 덕력을
연애에 쓰기 시작한
순간이었지.

몸속에서 가장 강한 세포가

개랑 이야기
나누고 싶어!!!

보고 싶어!!!!

진짜 자신의 일을
찾았을 때 어떤 일이
일어나겠어?

271

입맛도 없고

잠도 안 와.

그 애만 보고 싶은 거지.

여기서 중요한 건
내 말도 안 듣는다는 거지.

적당히 좀 해.
나한테는 오스칼 오빠가
있단 말이야.

오스칼?
그게 누군데??

Oscarl

오스칼 오빠를
몰라? 벌써 잊었어?

그렇지? 좋아하는 마음은
마음대로 안 되지?

뭐 물어보고
싶은게 있어서.

누구한테?

사랑이 내 맘대로
되지 않는다는 걸

너한테.

나??

나는 오래전부터
이미 알고 있었어.

너 혹시 나무
있지?

유미의 세포들 3

자자, 왼쪽 분
더 옆으로!

신부 친구분
브이 하시지 말고요.

늘 이런 건 아니지만
살다 보면 행복한 구간이 꽤 있다.

그리고 미래에
이런 행복한 순간이 있다는 걸

티저 영상
송출합니다.

과거의 유미에게 예고해 주는 게
바로 텔레파시 세포다.

뭐야?
왜 작동 안 해?

찰칵!
찰칵!

에잉
전기가 안 들어오잖아!
전기 끊겼나?

-처음 만나던 날-

근데…

담당자님을 어디서 많이 뵌 것 같은데?

저를요?

-순록이가 고백하던 날-

다 됐다!

······

저… 이 장면 어디선가 본 거 같은데.

−제주도 여행 갔을 때−

…찍었어?

음… 아마도?

여기 넘 예쁘다 그치?

컨디션 좋을 때 왔어야 했는데.

나중에 또 오면 되지.

왠지 한 번은 다시 올 것 같아.

새이

…결국 난 또 아닌 거네?

미친… 설마 아직도 미련 있었냐?

우이씨! 나 학교 안 다녀!!!

왈칵!!!

뭐야? 뭐 하는 거야?!

김유미 때문에 땡땡이치는 거야? 지금?!

네가 트디여 미쳤구나

……

수업 종 울렸는데 어디 가? 빨리 교실로 들어가!

그럴 배짱도 없으면서 ㅋㅋㅋ

닥쳐…

웅아…
지금 바빠?

3학년 5반 제니

지금 나쁜데 왜?

전에 네가 이 수학 참고서
구해달라고 했잖아.

절판이긴 한데
나는 안 쓰는 거라
그냥 너한테 팔려고.

그래도 새 거야

아…
유미 챙겨주려고
구한 거였는데.
망할…

아… 이젠 필요 없는데

……

-다음 날-

이거 뭐야!!!
누가 이미 풀었던
책이잖아!!!!

앞부분은 이미
다 풀었잖아!
새 거라더니…!

하하하!!
어젠 멋있는 척
쿨하게 사더니
꼴좋다!

아 짜증 나…

그냥 지워서 써.
바보야.

내가 지워줘?

됐어.

얘 몇 반이야? 5반?
안 그래도 빡쳤는데
잘 걸렸다!

으르릉!!!

3 - 5 J

가만 안 둬!

293

다 비켜!

저 멍청이
원래대로 돌아왔네.

친구를 뺏기는 기분과
질투는 비슷해서 늘 헷갈린다.

어린 새이라면 헷갈렸겠지만
이제 아니지.

난 어른이잖아.

회사 비우고 또 어디 갔냐?
부탁할 거 있어서 왔는데

저녁에 약속 있어서 퇴근했어
근데 또 뭘 부탁?

뭔 약속? 데이트?

ㅇㅇ 제니랑 저녁 먹으려고
너도 올래?

괴도 바비

괴도 바비가
나타났어!!!!

저쪽으로 갔다!!!

···구웅 백작이 약이
바짝 올랐나 보네?

겁도 없이
여기가 어디라고!!
당장 잡아!!

쫘아아악!!!

정문으로 걸어서
나가긴 글렀군.

안에
무슨 일 있나요?

?!!!

아! 무도회장에
좀도둑이 들었나 봐요.

그보다 추운데
왜 나와 계시죠?

혹시 불 좀
빌릴 수 있을까요?

아! 담배 피우러
나오셨군요.

그게 아니고
목걸이를 잃어버려서
찾고 있었답니다.

아무래도 여기에
떨어트린 것 같은데
보이질 않네요.

같이 찾아보죠.
어떤 목걸이죠?

푸른색 사파이어가
달린 목걸이에요.

〈원칙 : 훔친 물건은 절대 되돌려주지 않는다〉

아무래도 내가
훔친 것들 중
하나인 것 같은데?

라이터는 드리죠.
꼭 찾으시길 바랍니다.

휫차!

앗, 감사합니다.

……

중요한 목걸이인가요?

할머니께서
물려주신 목걸이라
저한테는 굉장히 중요해요.

〈원칙 : 이유 없는 호의는 베풀지 않는다〉

이거라도 하세요.
날씨가 춥습니다.

펄럭

아… 정말
친절한 분이시군요.

좋은 사람 만나길 기대하고
한껏 꾸미고 왔는데

정작 무도회는 즐기지 못하고
여기서 목걸이나 찾는 내 꼴이
너무 한심해요.

울컥

울컥

!!!!!!

뭐야?! 왜 울고?!

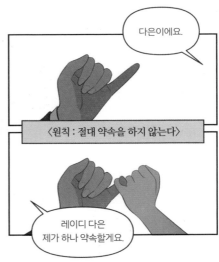

그 목걸이 제가
내일까지 찾아드리죠.

그러니까 이제
그만 들어가요

갑자기 거긴
왜 올라가요?!!!

오늘은
바람이 좋군요.

부욱!!!!!!

!!!!!!!

그럼 내일 봐요!
레이디 다은!

-다음 날-

똑똑

누구세요?

다은 님이신가요?
목걸이를 전달하고 오라는
심부름을 받았습니다요.

아!
그 신사분께서 보내주셨군요.
진짜 찾아주셨네!

직접 오셨으면
더 좋았을 텐데…

직접 찾아올 용기는
없는 분이셨군…
쫄보였어.

쫄보.

쫄탱이.

………

다은 님!

스윽!

어머!!
당신은 어제 그
신사분?!!

왜 변장을
하셨어요?

사람들 눈에 띄면
안 될 사정이 있거든요.

사정을 다 설명드리기는
조금 어렵지만… 응?!

철컥!!!

?!!!!

잡았다!!
괴도 바비!!!!

샤흐흑!!!

샤흐흑!!!

다은 님!
지금 이거 뭐죠?!

건들지 마!
괴도 바비는
내가 잡았어!

나에게 잡힌 이상
도망은 꿈도 꾸지 마라!

내 소개를 다시 하지!

네놈을 잡아달라는
특명을 받고 온
사립 탐정 다은이다!

508

순록

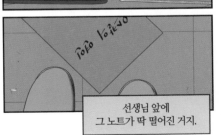

김유미 네 거야?

요즘 학교에
이상한 소설이
돌아다닌다는데

유미야 저거
오스칼 팬픽 아니야?

망했댱!

그게 설마
이건 아니겠지?
김유미!

야아아압!!!

우다다다다!!!!

감아 차기!!!

타악!!!

지난번에는 고마웠어.
너 1학년 신순록이지?

그냥 발에
걸렸을 뿐이에요.

그 연습장…
뭔 줄 알고 도와준거야?

알죠. 오스칼 팬픽.
1학년 교실까지 퍼져서
저도 우연히 봤어요.

헉!!!

그… 그게 실은
응큼한 의도로 쓴 건
아니고…

플롯이 세련됐어요.
전개도 대담하고.

캐릭터가 매력적이라
초반부를 이끌어가는
힘이 있어요.
잘 쓰셨더라고요.

정말?

315

네가 사자라면
나는 강아지다.

결국 귀여움은
모든 걸 이기지.

나는 팔랑팔랑
자연 곱슬!

?!

하지만 넌
직모로군!

이렇게 흔들면
강아지 느낌!

도리~

도리~

멍멍!!!

넌 이거 안 되지?!
하하하!!!

509

김유미 dream

안녕하세요. 작가 김유미입니다.
좋은 글은 어떻게 쓰냐는 질문에
답변드립니다.

저는 좋은 기분이 좋은 글을
쓰게 한다고 믿는 편입니다.

그래서 늘 기분을 전환시켜 줄
좋은 장소를 찾아서 글을 쓰곤 합니다.

……

한 줄도 못 썼어.

…아무것도 안 떠올라.

저도 독자님처럼 정말 머리가 굴러가지 않는 날이 종종 있습니다.

끄응!!!

끄응!!!

맷돌 또 고장 났어!!!

떡!

고장 난 느낌이랄까요?

?!

띠리링!

319

축하해! 판매량이
지난달보다 25%나 늘었어!

?!!!

25%가 늘었으면···
얼마지?

누가
계산 좀 해봐!

수학세포

비켜!

-자린고비 세포-

전달 판매량 960권.
25% 증가했으니 240권 증가!
이번 달 판매량 960+240=1,200권.
1,200권X11,000원=1,320만 원!

와다다다다!!!!

인세 10%니까
유미 몫은 132만 원!

132만원!!!! +_+

삐비릭!

다른 일할 땐 머리가
기막히게 잘 돌아가는데

어?! 돌아가네?

안 되겠다.
설탕칠 좀 해야겠어.

끄응!!!

끄응!!!

유독 글 쓸 때는 안 돌아갈 때가 있죠?

그럴 때 달콤한 음식이
도움이 되기도 합니다!

단것을 좋아하는 편이 아닌데
글 쓰는 일을 하고부터는
달콤한 간식들을 입에 달고 삽니다.

아이스크림!!!!

…죄송해요. 거짓말했습니다.
실은 글 쓰는 일을 하기 전부터
설탕 중독이었습니다.

!!!

?!!!!!

뭐지?!!
유체 이탈 된 건가?!!!

아니야. 마음은
아이스크림 가게에 있지만
귀찮아서 몸이 안 움직여.

-발-

놀랐잖아!!
유미 죽은 줄
알고!!!

다다다다!!!

움직여!!! 어서!!!

유미 무거워…
중요한 거 아니면
날 좀 내버려 둘래?

그런말이 있죠?
글은 엉덩이로 쓴다!
결국 오래 앉아 있는 게 정답이지요.

그래!
누가 이기나 보자고

뭔가 떠올라라!
제발! 쫌!

띠링!

그래도 글이 안 나온다면
그럼 잠시 글 쓰는 걸 멈추고
다른 일을 해보시면 어떨까요?

좋아하는 걸 하면서
환기를 시키는 거죠.

저는 그러다가 툭 하고
뭔가 떠오를 때가
종종 있거든요.

-작가 세포-

!!!!!

뭔가
떠올랐어!

그리고
제 글들 재밌게 읽어주셔서
정말 감사드려요.

감사의 마음을 담아.
-김유미 드림

잊어버리기 전에
빨리!!!!

좋은 글 쓰시길 바라요!
부디 제 메일이 도움이 되었길 바랍니다.

510

엔딩

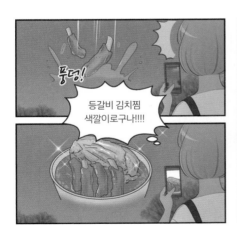

유미가…

악!!!

팅!

저녁 메뉴 고르랬어.

유미가 좋아하는 거?
저녁 메뉴 고르기!

등갈비 김치찜?
아 좋다! 좋다!

좋긴 뭐가 좋아?!!
등갈비 김치찜은
해본 적도 없어!!!

-요리 세포-

이 기회에
해볼게.

저녁에 먹고 싶은 거
말해봐! 내가 해줄게

칼국수 하려고 방금
재료 샀어
집에 호박이 남았지?

> 오늘 등갈비 김 |

ㅂ ㅈ ㄷ ㄱ ㅅ ㅛ ㅕ ㅑ ㅐ ㅔ

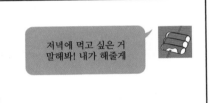

저녁에 먹고 싶은 거
말해봐! 내가 해줄게

-사랑 세포-

따지지직!!!!!

입력 취소!!!

오늘 저녁은
칼국수다 요놈아!

내 등갈비는?

등갈비 맞고 싶냐?

유미가 좋아하는 거?

우어어어!!!!

사랑하고 있는 이 기분!

칼국수 내놔라

찰싹!

좋아하는 것들만 하고 살래.

밤에는 맷돌이…
그나마 좀… 굴러…
가거든!

-작가 세포-

유미가 좋아하는 거?
밤에 작업하는 거!

타닥!

타닥!

야! 유미 자야 해!
그만 굴려.

닥쳐! 지금
맷돌 돌아가는 거
안 보여?!

아까 말했지?
유미가 좋아하는 것만
할 수 없어.

싫어.
좀 더 작업하다
잘래.

여기! 여기!
어서!

-자장자장 세포-

빨리 자!

퍼엉!!!!!

333

지금까지

유미와 그녀의 뇌세포들의
이야기였습니다.

늦은 시간까지 고마웠어요.

좋은 밤 되세요.

후기

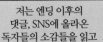
저는 엔딩 이후의
댓글, SNS에 올라온
독자들의 소감들을 읽고

〈유미의 세포들〉은
저에게도 많은 변화를 갖게 해준
작품이기 때문입니다.

!!!

몹시 찡했습니다.

유미를 굉장히 위하는
유미의 세포들과는 반대로

잘 좀 하라고!!!
이 멍청아!
으악!

무빙건의 이성 세포는
저를 못 잡아먹어서 안달이지요.

스스로에게 유독
잔인하게 구는 사람들
있지 않나요?

쿡!

-이성 세포-   -작가 세포-

히...

제가 좀 그런 것 같아요.

338

〈유미의 세포들〉454화를 마감하는 날
열이 39도까지 올랐는데도
일을 시키지 뭡니까?

그날 밤 저는 처음으로
저에겐 없는 판사 세포를
만들어냈습니다(유미처럼 말이죠).

포 동건!!

포 동건!!

그렇게 그날 휴재했었습니다.

하지만 이 녀석이
잔인하게 하는 것도 이해는 됩니다.

1위	원고
2위	Z위
3위	
4위	
5위	

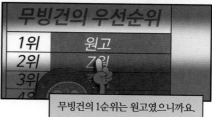

무빙건의 우선순위	
1위	원고
2위	Z위
3위	
4위	

무빙건의 1순위는 원고였으니까요.

339

당연히 1순위니까
무빙건의 24시간 중
대부분을 원고에게 줍니다.

15시간이야.
받아줘.

무빙건의 1순위

원고

좀 적은데?

거기에 잠잘 시간까지 빼면…

남는 게 없지요.

하지만 저는 유미처럼
판사 세포를 보유한 사람이잖아요.

!!!

원고

쿵!!

거기서
4시간만 도로
내놔.

원고

원고 펑크 나면
네가 책임질 거야?

포 동건!

원고

그렇게 저는 〈유미의 세포들〉 후반부에는
출퇴근 시간을 만들어서 작업했고

퇴근 시간이다!!!

9시 출근

6시 퇴근

아프면 쉴 줄도 압니다.

나 아프다!!!

누군가에겐 너무 당연한 이것을
저는 〈유미의 세포들〉을 연재하면서
배우게 되었습니다.

-판사 세포-

판사 세포뿐만 아니라
다른 사람의 세포에게
도움을 받은 적도 있습니다.

시시데데(jini****) 2019-11-22 23:

뭔 소리야

438화처럼 너무
복잡하게 만들어버린 적이 있는데

집중해서 읽지 않으면
무슨 말인지 헷갈리잖아.
어쩌지?

네 말이 맞았어.
운명은 없고 선택만 있을
뿐이었어.

그리고 다정한 타리 작가님도 어서 받아요!

제가요? 제가 왜 받죠?

그 이유는 바로 옆에!

유미의 세포들 완결 축하합니다

작품 선정에서부터 종료할 때까지 신뢰를 보내주신 **네이버 웹툰**께 감사드립니다!

*아마 네웹 담당자들이 없었으면 <유미의 세포들>은 89화에서 종료했겠죠?

떠올려본 이야기들을 늘 기꺼이 들어준 **줄리**에게 고마움을 전합니다!

*줄리 : 아내가 회사에서 쓰던 영어 이름

채색 담당을 넘어서
후반부 작업을 함께해 준
maker에게도 감사합니다!

〈유미의 세포들〉IP를 선택해서
다양한 제품들, 떡볶이, 콜라보, PPL,
전시회, 출판, 드라마, 애니메이션, 방탈출 게임
등으로 함께해 주시는 모든 분들께도
감사의 말씀을 전합니다!

*더욱더 번창하시길 기원합니다!

마지막으로
그동안 함께해 주신
아기 독자 여러분들께
진심으로 감사의 말씀 전합니다!

또 새로운 이야기로
다시 찾아뵙겠습니다.
관심 웹툰 눌러주고 기다려주세요!
제발요!!!

기다릴 세포들
머리 위로
똘똘뭉쳐!!!

알콩달콩 신혼 일기

둘이라서 좋은 점 1

전에는 혼자 했던 일들.

이거 좀 채워줘.

응!

이제는 부탁할 수 있는 사람이 생겼다.

됐어?

아직.

여기에 거는 건가?
아니네?
아! 여기구나!

어?
근데 왜 안 들어가지?
…여기인가?

아직 멀었어?

물론 내가 하는 게 더 빠르지만

둘이라서 좋은 점 2

어?!
목에 블랙헤드가 있지?

뭐?!!

짜! 빨리!!

그럼 간다!
참아!

콱!!!!

으아아!!
다 됐어??

아따!!!

나왔어??
아파!!!

아… 점이구나.

………

새로운 발견

유미의 세포들 13

초판 1쇄 발행 2021년 5월 24일 **초판 6쇄 발행** 2023년 10월 31일

지은이 이동건
펴낸이 이승현

출판1 본부장 한수미
라이프 팀
디자인 함지현

펴낸곳 ㈜위즈덤하우스 **출판등록** 2000년 5월 23일 제13-1071호
주소 서울특별시 마포구 양화로 19 합정오피스빌딩 17층
전화 02) 2179-5600 **홈페이지** www.wisdomhouse.co.kr

ⓒ 이동건, 2021

ISBN 979-11-91583-51-9 04810
　　　979-11-91583-55-7 04810(세트)